스케치 아프리카

스케치 아프리카

김충원 지음

"아프리카를 그립니다"

두 달여 간의 아프리카 여행은 그곳의 광활함을 보고 싶어 했던
어린 시절의 꿈을 이룬 시간이었다. 끝없이 이어지는 아프리카의
초원과 그들이 만들어 놓은 지평선, 그리고 넓은 평원을 가득 메운
누 떼와 얼룩말들의 모습은 지금도 내 머릿속에 생생하게 남아 있다.
비록 길지 않은 시간이었지만 스케치북을 들고, 눈앞에 펼쳐진
온갖 소중한 이미지들을 화폭에 담기 위해 분주하게 뛰어다녔다.
변화무쌍한 하늘과 눈 깜짝할 사이에 날아오르는 이름 모를
작은 새들, 치타에 쫓겨 내달리는 얼룩말과 영양들.
처음 며칠 동안은 그들의 모습에 매료되어 단 한 점의 좋은 스케치도
남기지 못했다. 대부분의 그림들은 크로키하듯 빠르게 스케치한 후,
밤이 되어서야 돌아온 숙소에서 그날 본 대상들을 어렴풋이

떠올리며 오랜만에 잡아 보는 수채화 붓을 놀려 색을 입힌 것들이다.
사자 무리 속으로 조심스럽게 차를 몰아 그들과 눈을 마주한 채
두근거리는 가슴을 억누르며 그림을 그리기도 하고
새끼 코끼리의 꽁무니를 따라다니며 스케치를 하다가
어미 코끼리의 눈에 띄어 봉변을 당할 뻔한 일도 있었지만
하루하루가 즐거워 날이 저무는 것이 아쉽기만 했다.
이 책 속에 담겨진 그림들은 어색한 표현도 많고,
상당 부분 미완성 상태이지만 내게는 평생을 두고
간직하고 싶은 소중한 추억이다.
내게 새 관찰의 즐거움을 알게 해 준 나의 친구이자 가이드인
새 박사 이솝, 빅토리아 호수의 나일퍼치를 낚게 해 준 선장 에디,
그리고 길에서 만났던 이름 모를 아이들과 마사이 마을
사람들에게도 고마움을 전한다.

차례

빅토리아
호수

케냐

나이로비

암보셀리
국립공원

아루샤
국립공원

킬리만자로

므완자

세렝게티
국립공원

올두바이

응고롱고로
분화구

모시

이야시 호수

아루샤

만야라 호수
국립공원

탄자니아

마사이 스텝

타랑기레
국립공원

콩고

잠비아

말라위

모잠비크

인도양

나의 사파리 스케치는 주로 아프리카 동쪽에 위치한
탄자니아의 북부 세렝게티 평원을 중심으로 계획되었다.
생명과 물은 늘 함께한다. 건기가 되면 동물들은
물과 풀이 있는 땅을 찾아 이동한다.
이 시기에 가장 많은 동물이 모이는 곳이 바로 이곳이다.
케냐의 나이로비 공항을 출발한 미니버스는
요란한 엔진 소음과 함께 뜨겁고 건조한 바람을 가르며
탄자니아의 작은 도시 아루샤를 향해 달리기 시작했다.

1장

아루샤와
타랑기레 국립공원

이 땅에서 내게 주어진 시간 동안 나는 과연 무엇을 보고
느낄 것인가? 엇갈리는 기대와 우려로 가슴이 벅차오른다.
나를 태운 랜드로버는 초원의 한가운데를 가로질러
나의 첫 번째 목적지인 아루샤 국립공원을 향해 달려 나갔다.

철창도 담장도 없는 동물들의 낙원.
오로지 강한 자만 살아남는 대자연의 법칙에 순응하며
조용히 살아가는 자유의 땅, 이곳은 아프리카다.
우산처럼 펼쳐진 아카시아 너머로 야트막한 능선이
걸쳐 있고, 이따금 지나치는 마사이 청년의 붉은 망토와
커피 농장의 빛나는 초록이 눈부시다.
자카란다나무의 연분홍 꽃잎이 바람에 흩날리는 상쾌한 아침.
황금색 초원의 한편으로 부드러운 흑갈색의 둥근 언덕이
페르시아 고양이의 휘어진 등처럼 앉아 있고,
시시각각 변하는 구름마저 온갖 동물들의
모습이 되어 흘러간다.

아루샤 국립공원 입구에서 십여 분 정도 산길을 오르자
가이드가 차를 멈추고 숲속을 향해 손짓을 한다.
선글라스를 벗고 자세히 들여다보니 한 쌍의
콜로부스원숭이가 보인다. 우리를 발견한 콜로부스원숭이
역시 큰 목소리로 경계를 한다. 탐스러운 긴 꼬리에
흰색과 검은색이 절묘하게 조화를 이룬 콜로부스원숭이는
평생 나무 위에서 살며 한 마리의 수컷과 몇 마리의
암컷이 가족을 이루고 산다.
내가 가까이 다가가자 암컷들과 새끼들이 수컷 뒤로 숨는다.
이들은 새끼가 태어나면 모든 암컷이 함께 돌보고
친어미가 죽으면 다른 암컷이 입양하여 정성껏 키운다.
가이드에 의하면 전설 속에서 콜로부스원숭이는
'신의 뜻을 전하는 전령'이라고 한다.

Arusha N.P.

동아프리카의 국립공원들 가운데 가장 고산 지대에
위치해 있는 아루샤 국립공원은 구름 속에
가려져 있는 날이 많다. 높은 습도가 유지되기 때문에
울창한 정글과 함께 다양한 생태계가 존재한다.
정글의 안쪽으로 조금 들어가니 빽빽한 나뭇잎에 가려
하늘은 더 이상 보이지 않는다.
나뭇가지가 흔들리고 새가 날아오르는 소리가 들린다.
이름 모를 커다란 나무의 가지에는
또 다른 나무의 뿌리가 덩굴처럼 길게 늘어져 있고,
쓰러진 고목의 가지 위에 작은 새 한 마리가
계곡 사이를 흐르는 실개천을 내려다보고 있다.

산등성이를 타고 내려가던 길가에서
멋진 뿔을 가진 수컷 쿠두를 만났다.
커다란 두 눈 사이를 잇는 선과 목덜미와 주둥이의
흰색 포인트가 미묘한 조화를 이루고 있는 쿠두는
무척이나 품위 있는 용모를 지녔다.
곡선을 그리며 말려 올라간 한 쌍의 긴 뿔은
이제 암컷들을 거느릴 수 있을 만큼
다 자란 수컷이라는 것을 말해 주고 있다.

모멜라 호수는 아루샤 국립공원 중심에 자리 잡은 작은 호수다.
산등성이 너머로 멀리 킬리만자로의 능선이 어렴풋이 보이고
펠리컨 한 쌍이 힘차게 날갯짓을 하며 어디론가 향한다.
호숫가에는 몇 마리의 워터벅과 기린들이 한가롭게 거닐고,
이따금 이름 모를 물새들의 울음소리가 적막을 깨뜨린다.
왼쪽으로 보이는 메루산 정상이 구름에 덮이기 시작하자,
가이드는 서둘러 랜드로버의 지붕을 덮는다.
아무래도 한차례 비가 쏟아질 것 같다.

이곳에서 사는 동물들은 축복받은 생명들이다.
늘 마르지 않는 맑은 호수가 언제든지 갈증을 채워 주고,
충분한 먹이와 무한대의 자유를 누리며 살고 있다.
가끔씩 구경꾼으로 얼씬거리는 인간들이
카메라 셔터를 눌러 대며 귀찮게 하지 않는다면
더 이상 바랄 게 없는 평온한 삶이다.

킬리만자로산을 만나다.

광활한 대지 위에 마치 하늘에서 흙가루를 뿌려

쌓아 놓은 것처럼 서 있다. 적도 아래 그 자리에서

수만 년 동안 눈을 머리에 얹은 채

변함없이 아프리카를 굽어보고 있다.

어렸을 적에 보았던 영화〈킬리만자로의 눈〉이

'eye'가 아니라 'snow'였다는 사실을 눈으로 확인했다.

엄밀하게 말하자면 '킬리만자로의 얼음'이 더 정확하다.

해발 5,895미터. 아프리카 대륙 최고의 화산이며

최고봉인 이 산의 하얀 정상은 늘 구름에 가려 있지만,

가끔 제 모습을 눈부시게 드러낸다.

지금은 관광지가 되었지만, 이곳 사람들에게 킬리만자로는

'번쩍이는 산'이란 뜻으로, 고대로부터 신성시되어 온

장소여서 함부로 접근하지 못했다고 한다.

별이 쏟아져 내릴 것만 같은 아프리카의 밤이다.
은가루를 뿌려 놓은 듯 은하수가 뽀얗게 밤하늘을 가로지르고,
이따금 유성이 긴 꼬리를 남기며 사라진다.
캠프 안에서 그림을 그리다 밤공기를 마시러 나와 보니
누군가가 환하게 모닥불을 피워 놓았다.
왕풍뎅이들이 불빛을 보고 날아와 불 속으로
뛰어든다. 죽어 가는 왕풍뎅이들이 안쓰러워
모닥불 위로 흙을 덮어 버렸다.
갑자기 냉기가 느껴지고 주위가 칠흑같이 어두워졌다.
아프리카의 밤하늘은 더욱 환하게 별빛을 쏟아 내렸다.

랜드로버를 타고 시속 100킬로미터의 속도로 비포장길을 달린다.
아무리 든든하게 배를 채워도 자동차의 딱딱한 서스펜션과
울퉁불퉁한 도로면은 금세 배를 꺼지게 만든다.
피곤 때문인지 이렇듯 요란한 진동 속에서도
자꾸만 눈꺼풀이 무겁게 느껴진다.
얼마나 지났을까? 차가 멈추자 감겼던 눈이 떠졌다.
가이드가 가리키는 쪽을 바라보니, 영화의 한 장면처럼
대자연의 풍광을 배경으로 한 마리의 코뿔소가
풀을 뜯어 먹는 모습이 눈앞에 펼쳐졌다. 창문을 열자
후텁지근한 열대 특유의 바람이 밀려들어 온다.
지금부터 본격적인 사파리 투어가 시작된다고
가이드가 소리친다. 머릿속이 점차 맑아지고 앞으로 만나게 될
수많은 동물에 대한 기대감으로 가슴이 벅차오른다.
나는 뒷자리에 있는 배낭 속에서 스케치북 한 권을 꺼내
멀리 보이는 코뿔소를 화폭에 담았다.

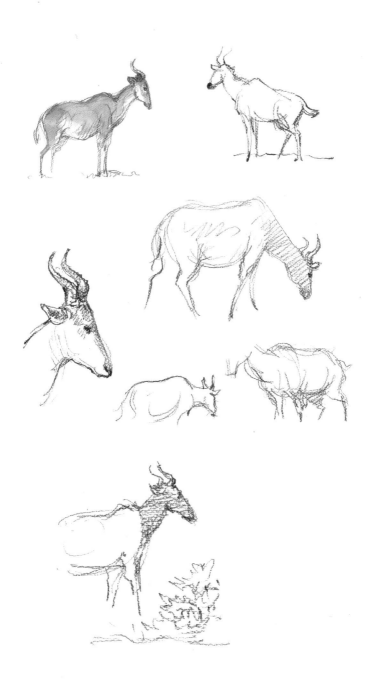

초원에는 여러 종류의 초식 동물들이 뒤섞여 먹이를 먹는다.
그런데 이들은 먹이를 놓고 싸우는 일이 없다.
천성이 순한 탓도 있겠지만 진짜 이유는
좋아하는 먹이의 종류, 즉 식성이 서로 다르기 때문이다.
얼룩말과 들소는 질기고 거친 작은 풀을 좋아하고
누는 키가 큰 풀을 먹으며 가젤과 영양들은
새로 돋아나는 새싹을 가장 좋아한다.
또한 키가 큰 나무의 가지 위쪽 잎은 기린의 차지이며,
중간 부분은 코끼리, 나머지 아래쪽은 임팔라의 몫이다.

말라 죽은 고목 가지 끝에 붉은색 부리의 매 한 마리가
바람을 등지고 앉아 아래를 내려다본다.
이 멋진 새의 현지 이름은 Bateleur, '곡예사'라는 뜻이다.
꼬리가 아주 짧고 부리와 다리의 선명한 빨간색 때문에
멀리서도 눈에 띄는 이 새는 이름 그대로 공중 묘기의 달인이다.
조용히 활공을 하다가 느닷없이 수직 하강을 하는가 하면
순식간에 좌우로 방향을 바꾸어 사냥감을 추격하는
놀라운 비행 능력을 가지고 있다.

Tarangire NP

아프리카 초원에서 가장 우스꽝스러운 동물은
혹멧돼지들이다. 행여 어미를 놓칠세라
짧은 다리를 부지런히 움직여 종종걸음으로
어미 뒤를 따라가는 새끼들을 보면 웃음을 참기 힘들다.
길을 가로질러 이동하는 혹멧돼지 가족을 만났다.
우리는 차를 세우고 지나가기를 기다렸다.
가장 먼저 수컷이 지나가고 그 뒤를 암컷과 새끼들이 뒤따라갔다.
차가 출발하려는 순간, 암컷이 자기가 왔던 방향으로 도로 건너가
기어이 뒤처진 막내를 앞세우고 다시 나타났다.
길 건너기를 무사히 끝낸 가족들은 마치 약속이나 한 듯
우리 쪽으로 고개를 돌려 쳐다본다.
그리고는 이내 농구공이 튀듯 덤불 사이로 사라진다.

개코원숭이 일가족이 줄을 지어 어디론가
가고 있다. 개코원숭이는 사람들이 사는
동네 어귀부터 높은 산꼭대기까지
아프리카 구석구석을 누비고 다닌다.
어미 등에 올라탄 새끼가 떨어지지 않으려고
앙증맞게 생긴 작은 손으로 어미 등의 털을
꼬옥 붙잡고 있다. 우두머리 수컷은
대단한 권위를 가지고 늘 앞장서서 걷는다.
원숭이라고는 하지만 때로는 새끼 영양을
공격해서 잡아먹을 만큼 사나운 짐승이다.

뿌리가 하늘을 향해 뻗은 모습을 하고 있는 바오밥나무.
아프리카 전설에 따르면 신이 나무들을 심다가
실수로 거꾸로 심은 것이 바로 바오밥나무라고 한다.
이곳에는 높이가 20미터가 넘고, 어마어마한 나이의
바오밥나무가 흔하게 눈에 띈다. 한 거대한 바오밥나무는
껍질이 군데군데 갈라지고 떨어져 나갔다.
코끼리가 제 몸을 비벼 대기도 하고 껍질을 먹기 때문이다.

타랑기레 국립공원의 일부 지역에서는 캠핑이 허용된다.
캠핑장의 가장자리는 울타리가 쳐져 있지만 몹시 엉성하고
코끼리 한 마리가 캠핑장을 가로질러 가는 것이 목격되기도 했다.
해가 지자 관리인이 돌아다니며 반드시 음식물과 그릇 등을
텐트 안으로 넣어 둘 것을 당부한다. 하이에나 때문이다.
새벽녘에 인기척이 느껴져 깨어 보니 옆 텐트 근처에서 한 쌍의
점박이하이에나가 땅에 코를 박고 냄새를 맡으며 돌아다니고
있었다. 사바나의 청소부 하이에나가 캠핑장의 청소부로
전락한 셈이다. 흔히 하이에나는 사자 근처를 어슬렁거리다가
사자가 배불리 먹고 남은 찌꺼기를 처리하는 동물로
알려져 있지만, 실제로는 매우 뛰어난 사냥꾼이다.

Sunbird.

벌새를 자세히 관찰하기란 무척 어려운 일이다.
주로 열대지방에서 볼 수 있는 벌새는
동작이 무척 재빠르기 때문에 순식간에 나타났다가 사라진다.
헬리콥터처럼 공중에 정지해 있을 때면
날갯짓하는 소리가 마치 작은 엔진 소리 같다.
운 좋게 알로에 꿀을 빨아 먹는 벌새 한 마리를 만났다.
햇빛에 반사된 깃털이 눈부시게 아름답다.

한 쌍의 딱새가 꽃봉오리 위에 앉았다.
수컷의 가슴은 주황색 물감을
풀어 놓은 듯 선명하다.

The Secretary bird

독수리와 황새의 중간쯤으로 보이는
뱀잡이수리는 긴 목을 뽐내며 길게 뻗은 까만 다리로
사뿐사뿐 맵시 있게 걷는다. '비서새'라는 별명처럼
머리끝에 난 긴 깃털을 바람에 나부끼며
이리저리 둘러보다가 땅바닥에 숨어 있던
도마뱀이나 개구리 같은 먹이를 발견하면,
닭이 모이를 쪼듯 날카롭게 굽은 부리로 쪼아 올려 단숨에 삼킨다.
그렇게 하루 종일 쉬지 않고 초원을 거닐다가
해가 지면 나무 위의 둥지로 돌아가
피곤한 긴 다리를 접고 휴식을 취한다.

Tarangire N.P.

내가 만약 3톤이나 되는 몸무게를 갖고 있다면
나 역시 물속에 잠겨 있는 편이 가장 편안하리라.
하마는 싸우는 법이 없다. 늘 평화롭게
끼리끼리 모여 사이 좋게 몸을 맞대고 산다.
그러나 가끔 수컷 두 마리가 마주 보고
바나나처럼 생긴 이빨을 드러내며 누구 입이
더 큰지 가늠하는 놀이 같은 싸움을 하는데,
이것이 암컷을 차지하려는 유일한 다툼이다.
하마 근처에는 늘 부리가 빨간 작은 새들이 보인다.
하마의 몸통과 귓속에 사는 기생충들을 청소해
주는 고마운 친구들이다. 밤이 되면 하마들은
뭍으로 나와 돌아다니며 밤새도록 50킬로그램이
넘는 풀을 먹어 치운다.

작은 웅덩이에 목마른 얼룩말들이 모여들었다.

덩치가 큰 수컷은 망을 보며 힘이 약한 어린 말들과 암컷들에게

순서를 양보한다. 이들은 가장 자존심이 강한 야생마들이다.

특히 우두머리 수컷은 자신들을 공격해 오는 치타를 향해

누런 이를 드러내며 결사 항전을 벌이기도 한다.

얼룩말의 줄무늬는 무엇 때문에 있는 것일까?

학자들마다 의견이 다르지만, 육식 동물의 눈을

현혹시키기 위해서라는 이론이 내겐 가장 그럴듯하다.

실제로 얼룩말들이 한데 뭉쳐 있으면 따로따로 보이지 않고

하나의 큰 덩어리로 보인다. 바닷속에 사는 물고기들 가운데도

같은 이유로 줄무늬를 가진 돔 종류가 많이 있다.

늙은 수컷 코끼리의 뒷모습이 왠지 처량하다.

왜 무리에서 떨어져 나와 홀로 걷고 있는 것일까?

이따금 큰 부채 같은 귀를 펄럭여 파리 떼를 쫓아내며

주름살이 두텁게 새겨진 다리로 무겁게 발걸음을 옮긴다.

상아의 밀반출이 엄격하게 제한되고

세계적으로 상아 제품의 판매가 금지되면서

아프리카 지역의 코끼리 숫자는 눈에 띄게 증가하고 있다.

어떤 지역에서는 불어난 코끼리 때문에 골머리를 앓기도 한다.

갓 돋아난 새싹까지 뽑아 먹는 이들의 엄청난 식성이

다른 동물들에게 피해를 주기 때문이다.

가이드가 큰 나무 한 그루를 가리키며 지금은 주인이 없는
나무가 되었다는 이야기를 들려준다. 이 나무를 지키던
나이 든 표범이 몇 주 전 수컷 사자에게 죽임을 당했다는 것이다.
사자에게 표범과 치타는 먹이 경쟁을 하는 대상이므로
눈에 띄는 대로 무자비한 공격을 한다.
가이드의 말에 따르면 표범과 치타의 어린 새끼들 가운데
절반은 사자의 공격으로 목숨을 잃는다고 한다.
관광객들이 처음 사파리 투어를 시작할 때는
보이는 모든 동물들이 신기한 구경거리지만, 하루만 지나면
비슷한 풍경에 식상해지고 새로운 동물을 찾게 된다.
야행성인 표범은 개체수도 적고 잘 눈에 띄지 않아서
모든 가이드는 서로 무전을 주고 받으며 표범의 위치를 찾으려
혈안이 된다. 국립공원 입장에서는 한 마리의 표범이 갖는
상업적 가치가 실로 엄청나다고 할 수 있다.

한낮의 태양이 서서히 주황색으로 물들고
사바나의 리듬이 점차 잦아들기 시작한다.
나무 위에는 한 쌍의 독수리가 코카스패니얼의 귀처럼
축 처진 두 날개를 나뭇가지에 걸친 채 휴식을 즐기고,
노랗게 물든 타랑기레강 가에는 물을 마시러 온 코끼리 가족이
느릿느릿 발걸음을 옮긴다. 랜드로버는 기름을 가득 채운 다음
목적지를 향해 달리기 시작하고, 보랏빛 지평선은
회색 구름을 조금씩 삼키며 밤을 재촉한다.
이제 어디에선가 암사자들은 기지개를 켜며
사냥 준비에 나서고, 임팔라와 얼룩말들은
긴 다리를 접고 평안하게 쉴 자리를 찾고 있을 것이다.
물속에 반쯤 몸을 담그고 있던 점박이하이에나가
고개를 들어 이쪽을 쳐다본다. 두 눈이 저녁 노을에 반사되어
황금색 호박처럼 빛난다.

2장

만야라 호수와
응고롱고로 분화구

만야라 호수가 내려다보이는 리프트 밸리에 서면,
마치 지구 끝자락에 와 있는 기분이 든다.
약 2천만 년 전의 단층 작용으로 수백 미터 높이의
절벽이 대지를 위아래로 갈라놓았다.

리프트 밸리에서 내려다본 아래 세상은
엷은 안개에 가려져 더욱 신비스럽게 느껴진다.
구불구불하고 가파른 길을 따라
한참을 내려가자 호수가 보이기 시작한다.
호숫가에는 이름을 알 수 없는 수많은 새들이
얼룩말과 누 무리 사이에서 아침 햇살을 즐긴다.

호수에는 늘 수많은 종류의 물새가 모여든다.
해오라기, 홍학, 저어새, 그리고 작은 물떼새들이
때로는 섞이고 때로는 흩어지면서 저마다 좋아하는
먹이를 찾느라 분주하게 고개를 놀린다.
몸 크기에 비해 기형적으로 긴 발가락을 갖고 있는
푸른 부리의 자카나는 물위에 떠 있는 큰 잎사귀를
곡예하듯 건너뛰고, 수천 마리의 홍학 떼는
하늘을 온통 분홍색으로 수놓는다.

새를 바라보고 소리를 구별해 듣는 일이
참 재미있다는 것을 알게 되었다.
나의 운전사이며 가이드인 이솝은 가히 새 박사 칭호를
듣기에 부족함이 없다. 그를 만난 덕에 내가 몰랐던
새에 관한 많은 사실을 알게 되었다.

그중의 하나인 물총새는 놀라운 인내심을 가진 사냥꾼이다.
물가의 가지 위에 앉아 몇 시간 동안 이동도 하지 않고
작은 물고기가 수면 근처로 떠오르기를 기다린다.
그러다가 목표물이 나타나면 정확한 타이밍으로
빛의 굴절 각도에 맞추어 다이빙을 해
길고 뾰족한 부리로 물고기를 낚아챈다.

Roller
(the lilac-breasted)

작고 동그란 몸집에 화려한 빛깔로 몸치장을 한
이 새의 이름은 '롤러', 말 그대로 '구르는 새'다.
가장 좋아하는 먹이인 풍뎅이를 쫓는 모습이
마치 땅 위를 데굴데굴 굴러가는 것처럼 보여서
이런 이름이 붙었다고 한다.
보랏빛 가슴과 청록색 깃털이 아름다운 이 새는
'라일락 가슴을 지닌 새'라는 무척 시적인
별명을 갖고 있다.

이솝을 만난 건 행운이었다.

그는 운전과 가이드는 물론 때로는 통역까지 해 주고,
전문가 뺨치는 새에 관한 해박한 지식으로
나의 스케치 여행을 즐겁게 해 주었다.
조금 무뚝뚝해 보이긴 해도 그 편이 내겐 오히려
다행스럽기도 했다. 그러면서도 비라도 내릴라치면
스케치북이 젖을까 봐 그림을 그리는 내 뒤에서
우산을 받쳐 주는 세심함을 가진 그런 사람이었다.
그가 가장 잘 쓰는 말은 'No problem'이다.
스케치 도중 새가 날아가 버려도 '노 프라블럼',
바퀴가 진흙탕 속에 빠져도 '노 프라블럼'이다.
운전 도중 길가에 있던 기니파울(뿔닭) 한 마리가
차에 치었는데도 역시 '노 프라블럼'이다.
"헤이 프로페서 킴, 여긴 아프리카야. 나는 방금
하이에나를 위한 간식을 마련해 준 것뿐이라고!"
다섯 명의 자녀를 둔 그의 꿈은 돈을 벌어 랜드로버를 사서
프리랜스 가이드가 되는 것이다. 그는 운전 솜씨 또한 탁월해서
돌멩이투성이인 비포장길을 시속 100킬로미터로 내닫는데,
처음에는 머리가 흔들려서 고통스러웠지만 이내 적응이 되어
달리는 동안 꾸벅꾸벅 졸기까지 했다.

밤이 걷히면 대지는 순식간에 검푸른 빛깔에서 주황색과
자주색, 그리고 청록색의 화려함으로 옷을 갈아입는다.
가장 먼저 아침을 깨우는 동물은 역시 새다.
참새만 한 크기의 위버새(베 짜는 새)들이 노란 빛깔의
깃털을 반짝이며 캠프 근처로 날아와 요란하게 지저귄다.
어떤 녀석은 접시에 담긴 물위에 앉아 물방울을 튕기며
목욕을 하기도 한다.
위버의 집 짓는 기술은 놀랍다. 수컷은 풀잎을 엮어
마치 베를 짜듯 입구가 아래쪽으로 나 있는 둥근 둥지를
정교하게 만든다. 그러나 만약 둥지가 암컷의 마음에
들지 않으면 수컷은 그 자리에서 둥지를 무너뜨리고
곧바로 새집을 짓기 시작한다.

차가운 아침 바람을 안고 내달려 랜드로버가 도착한 곳은
세계에서 가장 큰 분화구인 응고롱고로이다.
마치 천연 요새처럼 둘러져진 거대한 분화구 안에
도시 크기만 한 분지가 보인다. 이곳에는 늘 마르지 않는 호수와
기름진 토양에서 자라는 갖가지 식물들이 있어
무척 다양한 종류의 동물들이 밀집해 살고 있다.
분화구의 아래쪽으로 내려가는 경사로는 폭이 좁다.
사륜구동 차량만 출입이 허락된 경사로를 따라 내려가다
우리와 같은 방향으로 걷고 있는 한 쌍의 자칼과 만났다.
랜드로버가 가까이 다가가자 암컷이 뒤로 처져 길가에 붙어 걷는다.
앞서가는 수컷이 뒤로 고개를 틀어 암컷에게서 눈길을 떼지 않는다.
차가 지나쳐 가자 그 둘은 다시 나란히 어깨를 맞대고
앞서거니 뒤서거니하며 잰걸음으로
우리를 쫓아 내려온다.

응고롱고로 분화구는 동아프리카 지구대를 가로질러 세렝게티
평원으로 가는 길 중간에 위치한다. 분화구 주변을 외륜산이
병풍처럼 두르고 있는 세계에서 가장 큰 함몰 칼데라이다.
가장 먼저 눈에 들어온 동물은 얼룩말이다. 얼룩말이 있는 곳에는
늘 누 떼가 따라다니는데 가이드의 설명에 따르면
시력이 좋은 얼룩말과 후각이 뛰어난 누가 사자로부터
자신들을 보호하기 위해 전략적 동거를 하게 된 것이라고 한다.

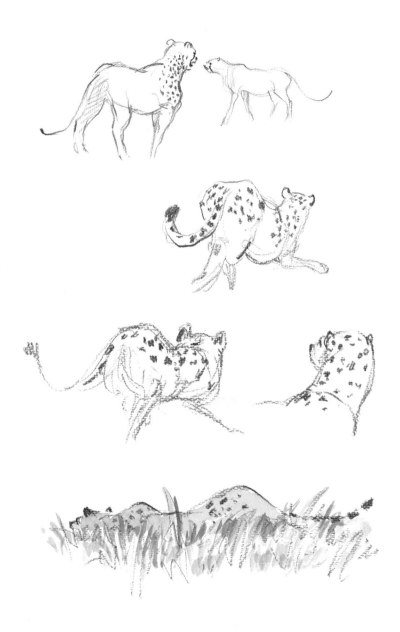

랜드로버를 향해 한 떼의 임팔라 무리가 돌진해 온다.

직감적으로 이들이 무엇인가에 쫓기고 있다는 것을 알 수 있었다.

나는 임팔라 무리의 반대쪽으로 천천히 차를 돌게 했다.

그곳에는 형제로 보이는 두 마리의 치타가

아카시아 그늘 밑에서 거친 숨을 몰아쉬고 있었다.

강인한 어깨 근육을 따라 굵은 꼬리 끝까지

유연하게 흘러 내려간 등의 곡선, 그리고 늘씬하게 뻗은 다리와

작은 얼굴의 양쪽으로 갈라져 있는 검은색 줄무늬는

아름다움 그 자체였다.

정신 없이 스케치를 하는데 다시 치타의 공격이 시작되었다.

치타의 선명한 노란색과 까만 점무늬는 놀랍게도 황갈색의

풀 속에서 완벽한 보호색이었다. 임팔라 무리 주변으로부터

50여 미터 떨어진 곳까지 숨어서 접근하던 치타가

순식간에 내닫기 시작했다.

놀란 임팔라는 좌우로 번갈아 가며 뛰어 달아난다.

불행인지 다행인지 사냥은 실패로 돌아갔다.

어디선가 나타난 또 한 대의 랜드로버가 조금 전 우리가

그랬던 것처럼 치타의 사냥을 방해했기 때문이다.

치타는 시속 112킬로미터로 300미터
이상을 달리는 놀라운 순발력을 지녔다.
먹잇감과의 사정거리 안까지는
무척 조심스럽게 몸을 낮춰 접근하며
공격할 기회를 노린다. 대개의 경우
1~2분에 승패가 결정나고,
성공한 치타는 희생물의 턱 아래쪽
목줄기를 물어 숨을 끊는다.
그러나 안심하기는 이르다.
하이에나 무리가 수확물을 빼앗기 위해
늘 따라다니고, 때로는 게으른 사자까지
기회를 노리기 때문이다.

만약 신이 나를 아프리카의 동물 가운데 한 마리로
태어나게 해 준다면 나는 치타를 고집할 것이다.
내가 유난히 고양이를 좋아하는 이유도 치타에 대한
나의 동경 때문일 듯 싶다.
고양이 가운데서도 내가 한 쌍으로 키웠던 샤미즈나 벵골,
혹은 아비시니안 종은 수퍼 모델 같은 우아한 걸음걸이와
고고한 눈빛이 치타를 닮아 있다.
나는 거의 사흘을 치타 주위를 맴돌며 그의 동작 하나하나까지
머릿속에 담아 두려 애쓰고 있다. 치타는 사냥을 하지 않는
대부분의 시간에 낮잠을 자거나 매우 느리게 움직여서
충분한 여유를 갖고 크로키를 즐길 수 있게 해 준다.
이솝이 무전기에 대고 무어라고 중얼거리다가 그만 이동하자고
재촉한다. 스케치북을 챙기고 한참을 달려 도착한 곳에는
사자 무리가 새끼 얼룩말 한 마리를 게걸스럽게 먹고 있었다.
사파리의 가이드들은 좋은 구경거리를 발견하면 서로 무전을 통해
위치를 알려 주는 상부상조의 미덕을 발휘한다.
먹이를 먹는 육식 동물의 모습은 사파리 최고의 장면이다.

자칼은 내가 기대했던 것보다 훨씬 작고
힘이 약해 보였다. 항상 부부 혹은 가족 단위로
움직이는 것을 볼 수 있는데, 사자나 표범 또는
하이에나와 같은 동물들 주위에서 어슬렁거리다가
그들이 남긴 살코기나 뼈를 깨끗이 청소한다.

Jackal

코뿔소 한 마리가 엎드려 있어 가까이 가 보았더니,
잠을 자는 듯 꼼짝도 하지 않는다.
이곳에 살고 있는 코뿔소는 분화구의 바깥 세계에서
강제 이주시킨 이민자들이다. 얼마 전까지만 해도 몇 마리가
남아 있었는데 밀렵꾼들에게 거의 희생되었다고 한다.
코뿔소의 뿔은 가루로 만들어 귀한 약재로 쓰기 때문에
한국인과 중국인들이 비싼 값에 사들인다.
수요가 있기 때문에 공급이 뒤따르는 것이다.
이곳에서는 헬리콥터까지 동원해 밀렵꾼을 감시하고 있지만,
최신 장비를 사용하는 그들은 좀처럼 정체가
드러나지 않는다고 한다. 아프리카에 와서 처음으로
내가 한국인이라는 사실이 부끄러웠다.

분화구 중앙에 있는 마가디 호수 주변에는
늘 거대한 들소들이 한가롭게 풀을 씹고 있다.
재미있는 5:5 헤어스타일을 떠오르게 하는
길고 납작한 뿔이 앞이마에 큼직하게 붙어 있고
콧잔등 위에는 작은 새가 주황색 부리를
바삐 놀려 벌레를 잡아먹는다.
사자도 겁을 내는 엄청난 덩치들이지만
어린 새끼들은 늘 무리의 안쪽에서
보호를 받는다.
가까이 다가가면 위험하다고 해서
쌍안경을 통해 스케치를 할 수밖에 없었다.

물가에서 낚시를 하던 중에 놀라운 일이 벌어졌다.

내가 미끼로 사용하는 루어(작은 물고기 모양으로 2~3개의

낚싯바늘이 달려 있다)를 낚싯줄 끝에 묶어 던진 순간,

하늘에서 맴돌고 있던 흰머리독수리가

루어를 향해 급강하 비행을 시작한 것이다.

나는 깜짝 놀라 릴을 감았다. 그러나 때는 이미 늦어

루어의 날카로운 바늘이 흰머리독수리의 발가락에 꽂히고 말았다.

한참 실랑이를 한 끝에 흰머리독수리를 무사히 날려 보냈지만,

건강하고 아름다운 야생 동물 한 마리가 희생될 뻔한 큰 사건이었다.

나는 서둘러 낚시 도구를 챙겨 그곳을 떠났다.

아프리카에서 루어 낚시를 할 때는

먼저 고개를 들어 하늘을 봐야 한다는 교훈을 얻고….

마우스버드, 해석하면 '쥐새'다.
긴 꼬리만 빼면 영락없이 까만 눈을 반짝이며
나뭇가지 위를 옮겨다니는 쥐처럼 보인다.

땅코뿔새 수컷 한 마리가 목청껏 구애의 노래하고 있다.
칠면조 크기만 한 이 새는 까만 바탕색 위에
눈 주위와 턱 밑부분만 새빨간 색깔로 치장을 했다.
야생의 자연에서 화려함이란 곧 위험을 의미하지만,
자신의 목숨을 부지하는 것보다 더욱 중요한 사명은
종족을 이어가는 일이리라.

Thomson Gazelle

대부분의 영양들이 그렇듯 톰슨가젤 역시 한 마리의
건강한 수컷이 수십 마리의 암컷을 거느린다.
사바나에 짝짓기 계절이 찾아오면 암컷들은
자신의 오줌 냄새로 준비가 되었음을 알리고,
수컷은 참으로 바쁘고 힘든 며칠을 보내야 한다.
한꺼번에 짝짓기를 마치고, 새끼들 역시
거의 같은 시기에 태어난다.
새끼 가젤은 가장 손쉬운 먹잇감이기 때문에
많이 태어날수록 그만큼 살아남을 확률이 높다.

갑자기 회오리바람이 몰아친다.
이곳은 분지 형태로 지형이 독특해서
일기를 예측할 수 없다고 한다.
바람이 걷히자 마주 보이는 산등성이가
장엄하게 시야를 채운다.
분화구 가장자리의 언덕에서 내려다보니
수천 마리는 됨 직한 누 무리가
뽀얗게 먼지를 일으키며 이쪽을 향해 오고 있다.
나는 서둘러 랜드로버의 뚜껑을 열고
손놀림을 재촉하며 이 놀라운 광경을 스케치했다.

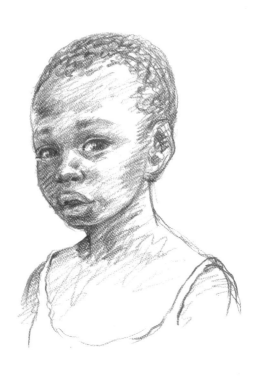

응고롱고로를 뒤로 하고 아프리카 최대의 국립공원
세렝게티를 향한 여정에 올랐다. 목을 축이기 위해 들른
마을 어귀에서 작은 학교가 눈에 들어왔다.
내가 창문을 기웃거리자 선생님으로 보이는 노인이
교실 문을 열고 나와 나를 빤히 쳐다본다. 관광객이 이곳엔
무엇하러 왔느냐는 표정이다. 내가 한국에서 온
미술 선생이라고 소개하자 몹시 반가운 얼굴이다.
교실 안의 어린이들은 이십여 명 정도로 저마다 손에
작은 칠판과 분필을 들고 호기심 가득한 눈으로 나를 바라본다.
나는 거의 반나절을 이곳에서 아이들과 함께 그림을 그리며
즐거운 시간을 보냈다. 유난히 눈이 크고 슬퍼 보이는 한 아이가
양젖과 옥수수 부침개 비슷한 음식을 집에서 가져와
내게 권했고, 나는 기꺼이 맛있게 먹었다.
마을을 떠나오기 전, 슈퍼와 문방구를 겸하고 있는 가게에서
콜라와 색분필을 아이들 숫자만큼 사서 선물했더니
아이들은 선물에 대한 보답으로 내게 합창을 들려 주었다.
합창으로 부르는 노래는 귀에 익은 찬송가였는데,
그때서야 비로소 나는 그곳이 학교가 아니라
교회라는 것을 알았다.

3장

올두바이와
세렝게티 국립공원

랜드로버가 마치 바다를 항해하는
한 척의 쾌속정처럼 한없이 펼쳐진 사바나를
가로질러 달린다. 웃자란 풀들 위로
바퀴 지나가는 소리가 기분 좋게 들린다.

멀리 보이는 둥근 수풀더미가 작은 무인도처럼 외롭다.
이따금 사람 키 높이의 붉은 개미탑이 우리를 스쳐 지나간다.
마침내 마사이의 성스러운 산이라 불리우는 '올도니뇨 렝가이'에
도착했다. 햇살을 받은 웅장한 돌산은 주황색과 보랏빛으로
화사하기 이를 데 없다. 어깨에 붉은색 천을 느슨하게 걸친
마사이 청년이 멀리서 소 떼를 몰고 나타났다.
붉은 절벽 아래쪽에는 늘 마르지 않는 신성한 물웅덩이가 있는데,
물은 마치 크림을 잔뜩 넣은 커피처럼 황갈색을 띠고 있다.
이곳의 모든 돌과 흙은 철분을 많이 함유하고 있기 때문에
바위 색깔마저 붉게 보인다. 이 물웅덩이는 마사이 사람들의
소나 양뿐만 아니라 주변의 수많은 동물에게도 귀한 생명수다.
계곡의 한쪽 구석에는 표범 한 마리가
나뭇등걸 위로 고개를 내민 채 우리를 바라보다
마사이 청년의 소 모는 소리에 이내 모습을 감춘다.

산 위에서 내려다본 올두바이의 풍경.
황금색 들판이 파도처럼 바람에 일렁이고
그 한가운데에는 붉은 바위산이
태곳적의 신비를 간직한 채 미동 없이 서 있다.
언제부터인가 이 나무줄기의 주인이 된
독수리는 땅 위의 작은 움직임 하나라도
놓치지 않으려는 듯
두 눈을 부릅뜬 채 내려다보고 있다.

수컷 사자의 갈기가 바람에 휘날리는 모습은
아프리카의 사바나에서 가장 근사한 광경 가운데 하나일 것이다.
'백수의 왕'다운 아름다운 풍모를 지닌 수컷 사자지만,
알고 보면 무척 고단한 삶을 살고 있다.
수컷 사자가 어미에게 보호를 받는 기간은 2년 남짓,
다 자란 수컷은 무리에서 쫓겨나 제 갈 길을 찾아야 한다.
정처 없이 헤매고 다니다가 다른 무리를 만나면
그 무리의 수컷과 싸움을 벌여 암컷들을 차지해야 하지만
그리 쉬운 일은 아니다. 늙은 수컷을 만나면
행운의 기회가 온 것이다. 그러나 운 좋게 암컷들을
차지한다고 해도 이따금 도전자를 상대해야 하기 때문에
언제 쫓겨날지 모르는 불안한 삶을 산다.
대장 수컷이 하는 일은 오로지 짝짓기와 낮잠 자는 일뿐이라
사냥에는 서툴다. 때문에 일단 쫓겨난 수컷 사자는
개구리나 썩은 고기만 찾아다니다가 머지않아 굶어 죽고 만다.

새끼 사자 한 마리가 죽어 있다.
새로 대장이 된 젊은 수컷 사자가 가장 먼저 하는 일은
전 남편의 새끼들을 모조리 물어 죽이는 일이다.
새끼가 죽은 암컷들은 곧 새로운 새끼를 갖는다.
아프리카의 자연 상태에서 태어나 2년 넘게 살아남는
새끼 사자는 다섯 마리 가운데 겨우 한 마리뿐이다.

수컷 타조 한 마리가 빨간 목을 곧추세우고
어딘가를 향해 걸음을 재촉한다.
새들 중 가장 큰 타조는 몸무게가 무려 150킬로그램이나 되며,
키가 3미터가 넘는 것도 있다. 공룡의 다리를 연상시키는
튼튼한 다리로 대지를 박차며 뛰는 모습을 보노라면
영화〈쥐라기 공원〉의 한 장면을 보는 느낌이다.
타조는 수컷이 알을 품고 새끼들을 돌보는 부성애로 유명하며
그들의 당당한 위세는 사자도 함부로 덤비지 못할 만큼 대단하다.
몇 년 전 호주에 갔을 때 캥거루 고기로 만든 햄버거를
먹은 적이 있는데, 여기서는 타조 고기로 만든
햄버거를 맛볼 수 있었다.

사파리 도중 가장 가장 만나기 어려운 동물 중 하나가 표범이다.
워낙 개체 수도 적은 데다가 단독 생활을 하고 있고
해가 떠 있는 시간에는 주로 나무 위의 그늘에서
할 일 없이 시간을 보내기 때문이다.
나른한 오후, 나는 이숍과 함께 표범이 숨어 있는
큰 아카시아나무(Acacia Karroo) 근처에 차를 세우고
라디오에서 흘러나오는 라흐마니노프의 피아노 곡을 들으며
두 시간 가량을 끈질기게 기다렸다.
마침내 사뿐히 땅에 내려앉은 표범은 믿을 수 없을 만큼
우아한 걸음걸이로 천천히 나무 주위를 맴돌다가
털썩 주저앉더니, 고맙게도 내가 스케치를 하는 동안
포즈를 취해 주었다.

세렝게티에 어둠이 걷히기
시작하는 새벽 6시.
뼛속까지 스며드는 냉기는 이곳이
정말 아프리카인지 의심케 한다.
푸른빛이 감돌기 시작하는 하늘을 바라보며
두터운 스웨터를 목까지 올리고 이른 아침을
먹기 위해 롯지(Lodge)의 중심에 있는
식당으로 향했다. 나는 구석에 있는
테이블에 자리를 잡고 앉았다.
싱그러운 아침 공기 속에 풍기는
킬리만자로커피 향이 식욕을 자극한다.

잠시 후 달걀과 토스트, 커피가 놓인
쟁반을 들고 나타난 웨이터 청년이 웃으며
아침 인사를 하더니 손가락으로 내 등 뒤를 가리킨다.
고개를 돌려 보니, 놀랍게도 바로 내 뒤에 있는 나무 곁에
기린 한 마리가 우뚝 서서 나뭇잎을 질겅질겅 씹으며
나를 내려다보고 있고, 테이블 아래쪽에는 길이가 30센티미터쯤
되어 보이는 도마뱀 한 마리가 꼼짝 않고 엎드려 있다.
나중에 안 사실인데, 종업원들이 롯지 근처에
동물들이 좋아하는 나무를 심고 바닥에 소금을 뿌려 놓아
동물들이 그곳을 찾아오도록 해 둔 것이었다.
덕분에 인상 깊고 유쾌한 세렝게티의
아침을 맞을 수 있었다.

그냥가
없다

토끼만 한 몸집에 통통한 햄스터처럼 생긴 바위너구리는
그림 그리는 사람에게는 가장 고마운 모델이다.
가까이 다가가도 사람을 무서워하지 않을 뿐만 아니라
한번 자세를 잡으면 움직이지 않기 때문이다.
아침이 되면 이 귀엽고 붙임성 좋은 바위너구리들이
캠프 근처의 나뭇등걸이나 바위 위에 앉아 해바라기를 한다.
이 동물을 계통적으로 분류하면 쥐나 토끼가 아닌,
코끼리와 가장 가까운 친척이라고 하니 신기할 따름이다.

Bokmakierie

밝은 노란색과 회색 그리고 카키색이 절묘하게 조화를 이룬
이 새는 '보크마키에리'라는 발음하기 까다로운 이름을 갖고 있다.

코뿔새의 부성애는 지극하다. 큰 나무 줄기에 뚫려 있는
구멍을 찾아 둥지를 정하면 짝짓기를 하고 암컷은 구멍 속에
남아 있는다. 수컷은 동물의 배설물과 마른 풀잎 등을 짓이겨
입구를 막고 작은 구멍 하나만 남긴다. 그리고 암컷이
알을 낳아 새끼들을 보살피고 그 새끼들이 어느 정도
자랄 때까지 그 구멍 속으로 쉴 새 없이 먹이를 날라 넣어 준다.

아프리카에서 가장 무서운 동물은 사자도 표범도 아닌
바로 벌레들이다. 특히 체체파리와 말라리아모기는
공포의 대상이다. 나는 말라리아모기 때문에 매일 두 알씩
알약을 먹고 있다. 수면병이라는, 졸다가 죽는
무서운 병을 옮기는 체체파리는 말이 파리지
껍질이 풍뎅이처럼 딱딱해서 웬만한 힘으로 내리쳐서는
죽지도 않는다. 피부 위에 앉아서 모기처럼 피를 빠는데,
주사기로 찌른 것처럼 아프다.
한 번은 체체파리 한 마리가 바지 밑으로 들어와
내 허벅지를 무는 바람에 소스라치게 놀라
마시던 물을 쏟고 말았다.
다행히 수면병에 걸리지는 않았지만,
꺼림칙한 기분이 가시지 않아 물린 자리에
며칠 동안이나 연고를 발라야 했다.

대머리독수리, 아프리카대머리황새, 자칼, 하이에나로 대표되는
사바나의 청소부들은 동물의 사체가 있는 곳이라면
어디라도 마다하지 않고 달려가 사체를 처리해 준다.
이곳의 뜨거운 태양열은 죽은 동물들을 빨리 부패시키기 때문에
날쌘 동작은 필수다. 한 점의 살점도 없이 버려진 뼈들은
다시 작은 벌레들과 박테리아와 같은 미생물들에 의해
완전히 분해되어 토양에 영양을 공급한다.
자연의 사이클은 완벽에 가까운 재활용을 실천하고 있는 것이다.
죽음은 곧 생명이고, 새로운 탄생을 의미한다.

대머리독수리는 식사 시간을 제외한 대부분의 시간을
깃털 다듬기와 말리기로 보내는 것 같다.
삼삼오오 모여서 긴 목을 구부려 날카로운 부리로
날개의 깃털 사이사이를 청소하기도 하고,
어떤 녀석들은 큰 날개를 양쪽으로 펼쳐 늘어뜨리고 서서
일광욕을 즐기기도 한다. 아마도 깃털 사이에 묻은
찌꺼기에서 생긴 병균을 소독하기 위해서일 것이다.

'월드비스트'라고도 불리는 누는 늘 얼룩말과 함께 섞여 있다.
힘이 약한 동물일수록 많은 숫자가 모여 있어야 경계하기도 쉽고
자신이 희생될 확률도 적기 때문이리라. 얼룩말은 말 중에서
유일하게 인간이 길들이지 못하는 말이라고 한다.

누 떼는 계절에 따라 탄자니아와
케냐의 국경을 넘어 먼 거리를 이동한다.
이동하는 동안 표범이나 사자의 공격을
받으면 이들은 일제히 한 방향으로
내닫는다. 암컷 가운데는 때때로 이동하는
도중에 새끼를 낳기도 한다.
놀라운 사실은 갓 태어난 새끼도 2~3분이면
네 다리로 서고 잠시 후에는 어미와 같이
달릴 수 있다는 점이다. 이들이 이동하는
모습을 보고 있으면 세렝게티 평원의
진정한 주인은 바로 이 동물이 아닌가 싶다.

두 마리의 수컷 누가 격렬한 몸싸움을 벌이고 있다.
평소에는 무척 수줍고 평화로운 동물이지만,
대장이 되고 싶어 하는 젊은 수컷들이 만나면
심각한 혈투가 벌어진다.
날카로운 뿔을 곧추세우고 몸무게를 실어 부딪치다 보면
깊은 상처를 입게 되는데, 간혹 죽는 경우도 있다.
짝짓기 계절이 되면 수만 마리의 누와 얼룩말들은
약속이나 한 듯 일주일 사이에 짝짓기를 마친다.
그리고 사바나에 싱그러운 새싹이 돋아나기 시작하는
일주일 동안 새끼들이 앞다투어 태어난다.
이때가 사자와 같은 포식자들에게는 가장 황금 시즌이지만
워낙 많은 숫자가 한꺼번에 불어나는 만큼
별 영향을 받지 않고 무리를 유지할 수 있다.

하테비스트나 스프링복 같은 영양 종류들은
뜀뛰기의 명수들이다. 특히 스프링복은 이름 그대로
스프링처럼 탄력 있게 깡총거리며 뛴다. 가이드의 말에 의하면
자동차도 가볍게 뛰어넘는다고 한다.

아프리카에서 가장 슬퍼 보이는 동물은 '딕딕'이라고 하는
작고 가냘픈 몸매를 가진 영양이다. 커다란 눈망울의 바로
아래쪽에는 오래된 눈물 자국처럼 까만 점이 있다.

이곳에서 버팔로라 부르는 이 들소의
우리나라 명칭은 '아프리카물소'이다.
사자를 두려워하지 않는 덩치와 공격성으로 유명하다.
개체수가 많은 편이어서 아프리카의 거의
모든 국립공원에서 자주 볼 수 있고,
평소에는 되새김질을 하는 턱을 제외하고는
움직임이 매우 느려서 덕분에 많은 스케치를 할 수 있었다.

'고스호크'라고 하는 흰 매는 자태가 무척 수려하다.

주황색 긴 다리와 물결무늬가 잔잔한 흰색 깃털,

매섭게 빛나는 두 눈을 갖고 있다.

이 새는 빼어난 사냥꾼으로

작은 들짐승이나 새들을 공격하지만

때로는 죽은 동물도 먹는다.

매처럼 매우 민첩하게 움직이는 대상을 크로키하기에는

내 손이 너무 느리다. 카메라를 가져왔더라면

더 편하지 않았을까 하는 아쉬움이 들 때도 있지만

한 가지를 얻으면 다른 한 가지를 잃는 게

세상의 이치.

Candelabrum tr
Serengeti (Seronera

사자들은 이곳을 찾는 관광객들에게 가장 많은
스포트라이트를 받는다.
20세기 초에는 유럽과 미국의 부자들이 이곳으로 휴가를 와서
사자 사냥을 하는 것을 큰 자랑거리로 여겼다.
사냥을 게임이라고 불렀기 때문에 게임 사파리라고 하는 말은
바로 그 시절에 생긴 용어다. 그러나 지금은 사냥총 대신 카메라로
게임을 한다. 낮잠을 자고 있는 사자 가족 주위에는
관광객들이 눌러 대는 셔터 소리가 끊일 날이 없다.
작은 자동카메라는 보이지 않는다.
대포같이 생긴 망원 렌즈가 사자들을 겨눈다.

이곳의 풍경은 나무와 땅, 초록색과 갈색 두 가지 뿐이다.
탄자니아의 스와힐리어는 단어의 수가 그리 많지 않지만
초록색을 표현하는 단어만큼은 스무 개가 넘는다고 한다.
친절한 나의 가이드는 연노랑에 가까운 라이트그린에서
검정에 가까운 다크그린까지 손가락으로 하나하나 꼽으며
색깔 이름을 알려 준다. 나는 그의 이야기를 들으며
우리말에서 회색을 표현하는 단어들을 떠올려 보았다.

마을 어귀에서 놀고 있는 아이들에게 크로키북을 찢어
연필과 함께 한 장씩 나누어 주고 뭐든지 그려 보라고 했더니
대부분 나무를 그린다. 그중 한 아이는 태어나서 처음으로
그림을 그려 본다고 했지만 또래의 우리나라 아이들보다
세밀하게 나무를 묘사해 내고 있었다.

세렝게티에서 2주째를 맞는다. 이곳에서는 숙소를 호텔 대신
롯지라고 부른다. 나는 내가 묵고 있는 '소파 롯지'의 직원들
이름을 거의 외워 그들의 이름을 불러 주며 아침 인사를 한다.
이곳에서 10년째 일을 하고 있다는 정원사 마티는
조용하고 내성적인 사람이지만 나무에 대해 물어보면
눈을 반짝이며 세렝게티의 다양한 식물 이야기를 들려준다.
기린이 가장 좋아하는 나무와 악기를 만드는 데 좋은 나무,
열대 과일과 신기한 약초들까지 이야기가
끝이 날 줄 모른다. 마티에게 고마움의 표시로
김 한 봉지를 주었다. 내가 즉석밥에 김을 싸 먹는 모습을
몹시 신기해하며 이것저것 물어보았는데
해초는 처음 먹어 본다며 고마워했다.

이른 새벽부터 비가 내려서 롯지 안에 틀어박혀 늦잠을 잤다.
무언가 푸드덕거리는 소리에 커튼을 열어 보니
엄청나게 큰 새 한 마리가 창문 앞에 앉아 있다.
팀 버튼의 기괴한 애니메이션에서 본 듯한 어두침침한
얼굴을 가진 이 새의 이름은 아프리카대머리황새이다.
목에 큼직한 주황색 주름 덩어리를 달고 다니고
날개를 펼치면 거의 2미터에 가까운 큰 새로,
대머리독수리와 함께 대표적인 사바나의 청소부다.
가끔 캠프 근처에 날아와 쓰레기 봉투를 헤쳐 놓기도 하는데,
큰 도시의 쓰레기장까지 진출하는 바람에
골칫덩이가 되기도 한다.

비현실적인 부리를 가진 슈빌.
사진과 동영상으로만 보았던 슈빌을 직접 보니
생각했던 것보다 덩치가 큰 새였고 못생겼다기보다는
괴상하게 생겼다는 표현이 어울리는 외모다.
'Shoebill'이란 이름 그대로 구두처럼 생긴 부리를 가졌다.
현지어로 '우푸망빠우'라고 부르는데
'작은 동물을 먹는 새'란 뜻이라고 한다.
주로 새끼 악어나 오리, 큰 물고기 등을
넓적한 부리로 집어 올려
단숨에 삼킨다.

며칠 전 내가 벌꿀오소리를 꼭 보고 싶다고 하자 가이드가
몹시 당황해하며 이곳에 사는 자신도 몇 번밖에 본 적이
없다고 한다. 천적이 없다는 벌꿀오소리. 사자도 겁내지 않고
킹코브라를 우적우적 씹어 먹는 세상에서 가장 겁 없는
이 동물을 만난 건 순전히 행운이었다.
어이없게도 롯지 근처를 산책하다가 쓰레기장 주변을
어슬렁거리는 놈과 맞닥뜨린 것이다. 역시 소문대로 사람을
겁내지 않았고 제 볼일을 다 보고는 덤불 속으로
엉덩이를 실룩이며 사라졌다.

Redbacked Shrike

Kori Bustard

지구 상에서 가장 성공한 새는 역시 참새 종류다.
어디를 가든 작고 날랜 몸집으로 꼬리를 끄덕이며 지저귀는
모습을 볼 수 있다. 아프리카에는 헤아릴 수 없을 만큼
많은 종류의 참새들이 저마다 다른 이름으로
조금씩 다른 색깔을 뽐내며 하늘을 수놓는다.

물가에는 목 굵은 해오라기처럼 생긴
아프리카큰느시가 느릿느릿 먹잇감을 찾고 있고
뿔호반새는 사냥한 물고기를 부리에 물고
새끼들이 기다리는 둥지를 향해 날아간다.

Serengeti Sopa Lodge.

롯지의 식당에서 혼자 식사를 할 때면 늘 동행이 아쉽다.
식사 때가 되면 대여섯 명에서 이삼십 명까지 그룹을 지어
여행을 온 유럽 관광객들로 식당 안이 술렁인다.
그들 중 몇 명은 번갈아 가며 내게 눈인사를 보내고
나는 미소로 대답한다. 사파리 도중 낯이 익은 남자가
내 식탁으로 와서 말을 건넨다. 자신을 벨기에에서 온 의사라고
소개한 남자는 자기 친구들과 함께 식사를 하면 어떻겠냐고 묻는다.
알고 보니 그들의 관심은 내 손에 든 스케치북에 있었다.
내가 스스럼없이 건네자 그들은 놀라움과 부러움이 섞인
감탄사를 연발한다. 그들로 인해 온 식당 안의 사람들에게
내 스케치북에 관한 소문이 퍼져 나갔다. 만나는 사람마다
소문을 확인하기 위해 스케치북을 보여 달라며 부탁을 한다.
어떤 이는 와인을 가져오기도 하고, 어떤 이는 어렵게 구입 의사를
비치는가 하면 복사기로 카피해서 갖고 싶다는 사람까지 다양하다.
나에게는 어떤 고급 카메라보다 특별하고 가치 있는
기록 매체인 내 스케치북이 동시에 사람과 사람 사이의 벽을
허무는 커뮤니케이션의 수단이 되고 있었다.

Gemsbok

"어떻게 이렇게 그릴 수 있어요?" 사람들이 내게 묻는다.
내가 그림을 그릴 수 있는 이유는 '집중해서 보는 방법'을
알고 있어서다. 생각을 줄이고 대상에 몰입하면 평소에
보이지 않았던 것들이 보이기 시작한다.
내가 보고 싶은 것이 곧 내가 그리고 싶은 대상이 되고
그것을 흰 종이 위에 옮기는 가운데 그 대상은 내가 된다.
그림을 그린다는 것은 끊임없이 나를 발견하는 과정이며
내가 그린 그림은 나의 일부분이자 나를 비추는 거울이다.
'내 안에 있는 나'와 '그림을 그리는 나'가 멀어질수록
불필요한 욕심이 드러나고, 그림은 때가 묻어 뭔가 부자연스럽다.
가장 자연스럽게 보이는 그림,
내가 본 대로 내가 느낀 대로 그려진 그림.
바로 내가 그리고 싶은 좋은 그림이다.

4장

내륙의 바다
빅토리아 호수

수평선을 바라보고 있으면 점점이 떠 있는 작은 섬이며
일렁이는 파도가 이곳이 호수라는 사실을 잊게 만든다.
세계에서 두 번째로 큰 담수호인 빅토리아 호수는
'내륙의 바다' 라고 불릴 만큼 드넓다.

약 500만 년 전에 빗물이 채워져 생겼다고 하는
빅토리아 호수의 원래 아프리카 이름은 '니얀자(Nyanza)'.
바다처럼 넓다는 뜻이었지만, 150여 년 전에 한 영국인 탐험가가
이곳을 둘러보고 영국 여왕의 이름을 붙여서
지금까지 빅토리아 호수로 불리고 있다.
수평선을 바라보고 있으면 점점이 떠 있는 작은 섬이며
일렁이는 파도가 이곳이 호수라는 사실을 잊게 만든다.
호수 주변에는 망고와 파파야나무가 울창하게 둘러서 있고,
사람들은 이곳에서 고기를 잡고 목욕을 하며 빨래와
설거지까지 해결한다. 호숫가에 늘어선 크고 작은 고깃배들은
조악해 보이지만, 이들의 생계를 꾸려 나가는 유일한 수단이다.
그물을 길게 늘어뜨리고 수선을 하는 어부의 검은 등이
저녁 햇살을 받아 반짝인다.

아침 일찍 스케치북을 들고 호숫가를 거닐었다.

싸늘하게 맑은 공기가 물가 특유의 비릿한 내음과 섞여 있다.

우리네 바닷가 마을에서 본 듯한 익숙한 풍경이다.

아침을 짓는 연기가 굴뚝에서 피어오르고,

출항을 준비하는 몇몇 어부들이 그물과 집기들을 어깨에 메고

바삐 걷는다. 결코 서두르는 법이 없는 이곳 사람들이지만

어부들에게 아침은 황금과 같은 시간이다.

호수 가장자리의 수심은 그리 깊지 않은 듯

삿대를 이용해 배를 옮기는 남자를 만나

이곳에서 잡히는 고기들에 대해 이야기를 나누고

그리 멀지 않은 그의 집에서 함께 차를 마셨다.

내가 담배 한 갑을 선물로 건네자, 그는 십대로 보이는

그의 두 아들에게도 담배를 나누어 준다. 그중 작은 녀석이

능숙하게 연기를 들이마시며 나를 보고 씩 웃는다.

내게는 무척 부자연스러운 광경이지만 문화의 차이일 뿐이다.

빅토리아 호수에는 많은 섬이 있다.

돌과 모래로만 이루어진 척박한 작은 섬에 사람들이 살고 있다.

이들은 오직 고기를 잡기 위해 섬에 천막을 치고 지낸다.

아이들이 물가에서 미끼용으로 쓰는 '틸라피아'라고 하는

작은 물고기를 잡아오면 어른들은 배에서

긴 밧줄에 달린 낚싯바늘에 한 마리씩 꿰어 물속에 던져 놓는다.

유명한 '나일퍼치'를 잡기 위해서다.

2~3일에 한 차례씩 나일퍼치를 수집하는 상인들이

큰 동력선을 타고 섬들을 방문하는데 모은 고기의 대부분은

유럽의 고급 레스토랑으로 향한다고 한다.

Nile Perch in Lake Victoria

작은 배 한 척을 전세 내어 나일퍼치 낚시에 도전했다.

선장의 이름은 에디, 영어가 능숙한 인도 청년이다.

말이 많은 친구였지만 나일퍼치가 있는 곳은 귀신같이 찾아냈다.

새벽부터 시작해 해가 질 때까지 모두 일곱 마리를 낚았다.

그중 가장 큰 것은 길이가 1미터가 넘는 녀석으로

몸무게는 37킬로그램이나 됐다.

나일퍼치는 세계에서 가장 큰 민물고기로

다 자라면 몸무게가 80킬로그램, 길이가 2미터를 넘는다.

나는 물고기를 끌어올리느라
양어깨와 팔꿈치가 거의 마비 상태였지만,
나의 전리품을 기록으로 남기기 위해
정성껏 스케치를 했다. 잡은 고기 가운데
작은 녀석 한 마리를 식당으로 가져가
주방장에게 저녁 식사로 만들어 줄 것을
부탁하자, 인심 좋게 생긴 주방장은
흔쾌히 내 청을 들어주었다.
프라이로 정성껏 익힌 담백한
나일퍼치의 맛은 평생 잊지 못할
감동으로 남아 있다.

세계 어디를 가도 아이들은 아름답다.

벌거벗고 물장구를 치며 노는 천진난만한 아이들을 바라보다가

문득 도로 옆에 세워져 있던 큰 광고판의 문구가 떠오른다.

'Save Africa from AIDS'

에이즈로부터 아프리카를 구하자는 정부의 공익광고였다.

에이즈는 가공할 만한 위력으로 검은 대륙 아프리카를

무참하게 짓밟고 있다.

저 아이들에게만큼은 역병의 검은 그림자가

비켜 가 주었으면 하는 소망을 가져 본다.

King Carvey, West 6s

Hamerkop
Lake Victoria in Tanzania

화선지에 물감이 스미듯 주황색 노을이 번진다.
‘망치머리황새’라는 재미있는 이름을 가진 새가
물가에서 발을 담그고 오늘의 마지막 끼니거리를 찾고 있다.

주걱 모양의 넓적한 부리를 가진 노랑부리저어새 무리가
노을에 반짝이는 수면 위를 스치듯 날아간다. 때로는
수천 마리가 군집을 이루어 멋진 광경을 연출하기도 한다.
호숫가에 사람들이 모여들어 살기 전까지는
오랜 세월 동안 새들이 이곳의 주인이었으리라.

하루 일을 끝낸 어부가 수확을 나르고,
마중 나온 여인들이 삼삼오오 허드렛일을 돕는다.
우리네 설렁탕 한 그릇 값밖에 안 되는 하루 수입이지만,
이들의 표정은 한결같이 밝다.
내가 물가에 앉아 그림 그리는 모습을 물끄러미 바라보던
한 어부가 내게 물고기 한 마리를 선뜻 내민다.
내가 웃으며 거절하자, 잠시 후 어부의 손에
어린 소녀가 이끌려 왔다. 물고기 한 마리를 줄 테니
딸의 초상화를 그려 달라는 것이었다.
나는 소녀에게 스케치와 함께 쓰던 연필을 선물로 주었다.
소녀는 자신의 모습이 그려진 스케치에는 아랑곳하지 않고
연필만 손에 쥐고 마을을 향해 뛰어갔다.

사랑은 하는 게 아니라 빠지는 것이라고 했던가.

막연한 설레임으로 시작했던 스케치 여행이 어느덧 한 달이 되고

나는 아프리카의 대자연 속으로 흠뻑 빠져들고 말았다.

어렸을 때부터 아름다운 것을 보거나 들으면

들뜬 기분에 사로잡혔지만, 동시에 그것들이

금세 사라져 버릴 것만 같아서 두렵기도 했었다.

지금 이 순간, 나는 오랫동안 굶주려 왔던 설레임과 감동을

조금 더 연장시키기 위해 열심히 붓을 놀려 기억을 붙잡는다.

해가 떨어지자 내가 묵는 롯지의 창문 밖으로

빅토리아 호수의 잔물결이 달빛에 일렁이고,

호수 저편에는 므완자 시내의 불빛이 그곳이 꽤 큰 도시라는 것을

자랑이라도 하듯 밝게 떠오른다.

밀렸던 스케치를 마무리하고 자리에 몸을 눕히자,

뜨거운 나이프에 닿은 버터처럼

달콤한 피로감에 젖은 몸이 스르르 녹아내린다.

5 장

그리고…
아프리카의 사람들

이제, 나와 함께 수천 킬로미터를 달렸던 랜드로버와
이방인을 따뜻하게 품어 주었던 사바나,
그리고 나와 내 스케치북에 격려를 보내 주었던
많은 사람과 헤어질 시간이다.

zanzibar. oldstone

잔지바르 스톤타운의 골목길 풍경이다.

한두 명이 겨우 지나칠 만한 좁은 골목이 구불구불 이어지는데
건축 양식이 매우 독특하다. 스톤타운은 이슬람과 기독교,
힌두교가 뒤섞여 각기 다른 형태의 사원들이 이웃해 있는
동네이지만 싸움이 일어나는 일은 없다.

약 150여 년 간 오만의 술탄이 통치하면서 이슬람 문화가
정착하였고 인도양의 다른 섬처럼 인도 사람들이 이주해 왔다.
이 가게에서는 요절한 록가수 프레디 머큐리의 기념품을 판다.
부모가 인도계 페르시아인인 프레디 머큐리는
이곳에서 태어나 유년 시절까지 이 골목에 살았다고 한다.
그의 생가를 수소문해 보았지만 정확한 위치를
아는 사람은 아무도 없었다.

다르에스살람의 거리 예술가 조나산.

피카소와 마티스는 아프리카 여행 후 전통적인 회화 표현 방식을
버리고 거친 형태와 원시적인 색채로 작가의 감성을 표현하는
야수파의 시대를 열었다. 알베르토 자코메티 역시 케냐 키시
부족의 조각을 보고 영감을 얻어 자신의 스타일을 완성하였다.
다르에스살람의 해변가 도로에는 그림을 파는 가게들이 있다.
가게를 통과해서 뒷문을 열고 나가 보니 창작 공간인
뒤뜰이 나오고 세 사람이 각각 일을 나누어 크고 작은
흰 천 위에 물감 대신 페인트로 그림을 그리고 있다.
거의 색깔을 섞지 않고 원색을 사용하는
'팅가팅가'라고 부르는 그들만의 회화 스타일이다.
조나산은 20년 경력의 베테랑으로 두 명의 조수를 부리며
비록 찍어 낸 듯 똑같은 패턴이지만 굉장한 자부심과
열정으로 그림을 그리는 화가이다.

므완자에서 만난 이집트인 이발사.

아프리카뿐만 아니라 많은 개발 도상국가들에서

흔히 볼 수 있는 광경이 길에서 이발하는 모습이다.

딱히 이발관이나 미용실이 없어서라기보다는

이발사가 손님을 찾아다니는 편이 훨씬 효율적인 영업 방식이고

후텁지근한 실내보다는 길거리가 한결 쾌적하기 때문일 것이다.

접이식 간이 의자와 간단한 이발 도구와 함께

머리에 터번을 쓰고, 이발사의 상징인 흰색 천을 가운 대신 두른

이 이발사는 이집트인으로 나이가 무척 들어 보였는데,

알고 보니 나와 몇 살 차이가 나지 않았다.

나의 머리를 그에게 맡긴 채 의자에 앉아 눈을 감았다.

독실한 무슬림인 이 이발사는 나의 머리를 자르다 말고

느닷없이 엎드려 메카를 향해 기도를 하기 시작했다.

동아프리카의 도시에는 대부분 무슬림 사원이 있고

하루에 몇 차례씩 기도 시간을 알리는 코란 방송이

귀가 얼얼할 정도로 크게 울려 대기 때문에

365일 정확한 시간에 의식을 행할 수 있다.

나는 그에게 모델비로 세 명 분의 이발삯을 더 치러야 했다.

짐바브웨에서 만난 무당.

길을 가다 우연히 기웃거린 집이 무당집이었다.

아프리카에서 무당이란 점술가인 동시에 의사이며 약제사다.

이 집의 주인은 무척 호탕한 아주머니로,

낯선 이방인을 유쾌하게 맞이했다. 집 안까지 안내하며

자신이 갖고 있는 의사면허증과 약초 따위를 보여 주었다.

나의 아낌없는 감동에 고무된 그는 자신이 담근 술을

대접하겠다며 술독을 꺼내 왔는데, 뚜껑이 없는 술독 안에는

파리가 잔뜩 빠져 있었다. 그는 흙먼지가 쌓인 대접을

툭툭 털어서 술을 퍼낸 다음 파리를 손으로 건져 냈다.

그리고는 술을 단숨에 들이킨 후, 똑같은 순서로 내게도 권했다.

내가 두 눈을 질끈 감고 비워 내자 그는 더욱 유쾌해져서

한 잔을 더 마시더니 마침내 격렬한 무당 춤까지 보여 주었다.

내가 그림을 그리겠다고 하자 의식용 모자를 꺼내 와

쓰고 앉더니 이내 잠이 들어 버렸다. 나는 조용히

스케치북을 접고 그 집을 나왔다.

보츠와나의 국경 지대에서 만난 소년병.

이제 갓 열네댓 살 정도밖에 안 되어 보이는 앳된 얼굴 위에

갈색 철모가 무겁게 덮여 있다.

아프리카의 많은 나라가 지금도 황금과 다이아몬드,

그리고 독재자들의 폭정으로 내전의 아픔을 겪고 있다.

수많은 아이들이 왜 전장에 나가야 하는지 이유도 모른 채

끌려가 죽거나 다친다. 우리를 더욱 안타깝게 하는 것은

어른들이 이 아이들에게 마약까지 먹여 가며

아무런 죄의식 없이 사람을 향해 총을 쏘도록 부추기는 일이다.

전쟁과 기근 그리고 에이즈!

얼마나 더 많은 아이들이 희생을 치러야

아프리카의 비극은 끝이 날까?

상아를 팔겠다는 남자를 만나다.

남아프리카에서 국경을 지나 모잠비크 땅에 들어서면
구불구불한 비포장 황톳길이 시작된다. 시장에 들러
사탕수수즙을 주문하고 기다리는데 한 남자가 나타나
최고의 기념품을 살 생각이 없느냐고 묻는다.
그게 무엇이냐고 묻자 어깨에 걸친 가방에서 상아로 만든
큰 바나나 모양의 장식품을 꺼내 보여 준다.
자세히 보니 합성수지로 만든 가짜가 아니라
미세하게 결이 있는 진품이 분명했고 조각도 섬세했다.
아프리카 전역에서 상아의 거래는 엄격하게 금지되어 있다.
최고의 기념품은 분명했지만 이 사람과 공범이 될 수는 없었다.
나는 손사래를 치며 그곳을 재빨리 빠져나왔다.

마사이족 사람들은 자신들의 삶의 방식을 그대로 유지하고 있다.
소와 양을 키우고 그 배설물로 지은 집에서 평화롭게 살며
자기네 언어만을 고집한다. 국가의 법률은 일부일처제지만,
소와 양이 많은 남자는 얼마든지 새 부인을 맞는다.
그러나 이들 역시 달러 앞에서는 여느 관광지의 현지인과
다를 바가 없다. 길가에는 손에 긴 창을 들고 얼굴에 분장을 한
마사이 청년들이 미화 1달러를 벌기 위해 열을 지어 서 있다.
카메라 셔터를 누르면 번개처럼 달려와 손을 벌린다.
아이들은 학교에 가는 대신 부모로부터 양과 소를 치는 법을 배운다.
열 살도 채 되지 않는 작은 아이들이 긴 막대기를 흔들며
양을 몰고 가는 광경이 이제는 낯설지 않다.
이 소년의 아버지는 이 마을의 촌장으로 인심이 좋은 노인이다.
네 명의 부인이 있었는데 사이가 무척 좋아 보였으며,
그 중 가장 젊은 부인은 촌장의 막내인 이 소년과 별로 나이 차이가
나지 않아 보였다. 촌장은 양을 한 마리 잡아 파티를 열어 주었다.
껍질만 그을린 날고기를 길쭉하게 생긴 칼로 썰어서 한 덩어리를
주는데 역한 노린내가 코를 찔러 나는 그 날고기를 차마 삼키지
못하고 먹는 시늉만 했다. 촌장은 기념으로 내게 그 칼을 주었고,
나는 선글라스를 선물했으며 부인들과 아이들에게는
박하사탕을 골고루 나누어 주었다.

마사이 마을에서 만난 아름다운 여인.
나는 스스로 인종에 편견이 없다고 자부하는 편이지만
흑인 여성의 아름다움에 대해서는 무지했던 게 사실이다.
그러나 두 달여의 여행을 마무리할 즈음이 되자
비로소 이곳 여성의 아름다움에 조금씩 눈을 뜨기 시작했다.
그것은 꾸밈없고 순수한 아프리카의 자연을 닮은 아름다움이다.
길쭉한 두상에 크고 수줍은 눈매, 두툼한 입술과
갸름한 턱 밑으로 유려하게 흘러 내리는 목선, 그리고 태양 빛을
가득 머금은 매혹적인 암갈색 피부를 가진 마사이족 여인의
아름다움은 바로 아프리카의 건강함, 그 자체다.
그러나 아프리카 전역에 걸쳐 행해지는 여성들의 지나치게 빠른
결혼과 할례 풍습은 이곳 여성들을 질병과 고통 속에서
안타까운 삶을 살아가게 하고 있다.
참으로 어처구니없는 현실이다.

마사이 부족의 여성은 머리를 짧게 자르지만 남성은
길게 땋아 기른다. 창 모양의 긴 지팡이는 양몰이를 할 때
쓰는 도구이지만 남자들의 필수 장식품이다.
허리에 찬 칼의 모양과 크기, 이들이 두르고 있는
붉은 망토까지 마치 고대 로마군의 차림과 닮았다.
그러고 보니 이들이 신고 있는 슬리퍼도 영화에서 보았던
로마 군인의 끈 달린 신발과 비슷하다는 생각이 든다.
아이폰을 쓰고 코카콜라를 마시지만
양들과 한집에 살고 야생 동물은 신이 기르는 동물이라
믿으며 반드시 자신들이 기른 가축만 먹는
그들은 여전히 마사이 부족이다.

여행은 헤어질 날짜를 정해 놓고 시작하는 연애와 같다.

아, 이렇게 끝내야 하는 것인가….

한숨을 내쉬어 보지만 비행기 티켓에 빨갛게 적혀 있는 숫자는
경고문처럼 귀향을 재촉한다.

배낭을 꺼내 짐을 싼다.

가장 소중한 다섯 권의 스케치북과 에스키스 노트부터 챙기고
깨지기 쉬운 공예품 몇 개와 짐바브웨의 길거리 조각가에게
1불을 주고 산 목각 인형. 마사이 노인에게 선물 받은 칼 한 자루,
바지 몇 벌과 쌍안경, 그리고 간소한 화구통이 전부다.

간단하게 짐을 꾸리고 운전사 이솝과 함께
마지막 밤을 기념하는 조촐한 맥주 파티를 했다.

그리고 헤어지는 인사로 그가 첫날부터 감동해 마지않던
러시아제 쌍안경을 선물로 건네자 몹시 감동한 표정이다.
이제, 나와 함께 수천 킬로미터를 달렸던 랜드로버와
이방인을 따뜻하게 품어 주었던 사바나, 그리고 나와 내 스케치북에
격려를 보내 주었던 많은 사람과 헤어질 시간이다.
지구의 반대편에서 나를 기다릴 그리운 사람들을 생각하며
물을 머금어 잔뜩 부푼 화지들과 그 안에 고스란히 남아 있는
아프리카를 반추해 본다.
훗날, 내가 다시 이곳을 찾았을 때도
아름다운 대자연의 싱그러움이
지금처럼 건재하기를 기원하며 스케치북을 접는다.

낡은 수첩 속의 글, 몇 권의 스케치북으로 기억되는….

김충원 지음

서울대학교 미술대학과 대학원에서 시각 디자인을 전공했으며, 오랜 기간 명지전문대학 커뮤
니케이션 디자인과 교수로 재직했다. 다섯 번의 개인전을 연 드로잉 아티스트이자, 전방위 디
자이너로서 다양한 분야에서 새롭고 독특한 콘텐츠로 활발한 창작 활동을 하고 있다. 그동안
지은 책으로는 일상 예술가를 위한 〈오늘도 나무를 그리다〉, 〈스케치 쉽게 하기〉, 〈5분 스케치〉,
〈김충원 미술 수업〉 시리즈 등이 있으며, 누구나 쉽게 즐기는 컬러링북 〈행복한 채색의 시간〉,
〈힐링 드로잉 노트〉, 〈5분 컬러링북〉 시리즈 등이 있다.

스케치 아프리카

인쇄 – 2022년 6월 7일
발행 – 2022년 6월 14일
지은이 – 김충원
발행인 – 허진
발행처 – 진선출판사(주)
편집 – 김경미, 최윤선, 최지혜
디자인 – 고은정, 김은희
총무 · 마케팅 – 유재수, 나미영, 허인화
주소 – 서울시 종로구 삼일대로 457 (경운동 88번지) 수운회관 15층
　　　　전화 (02)720-5990　팩스 (02)739-2129
　　　　홈페이지 www.jinsun.co.kr
등록 – 1975년 9월 3일 10-92

진선 아트북은 진선출판사의 예술책 브랜드입니다.
창작의 기쁨이 가득한 책으로 여러분에게 미적 감성을 선물하겠습니다.